Contos Extraordinários de Edgar Allan Poe

Adaptação Ronaldo Antonelli • Ilustrações Francisco Vilachã
da obra original de Edgar Allan Poe

São Paulo • 1ª edição 2018

caraminhoca

Coordenação editorial
Sergio Alves

Edição
Denis Antonio

Coordenação de produção
Larissa Prado

Edição de arte
ED5

Diagramação e revisão
Caraminhoca

Dados Internacionais de Catalogação na Publicação (CIP)
(Câmara Brasileira do Livro, SP, Brasil)

Antonelli, Ronaldo
Contos extraordinários de Edgar Allan Poe / adaptação Ronaldo
Antonelli ; ilustrações Francisco Vilachã. -- 1. ed. -- São Paulo :
Caraminhoca, 2018.
ISBN 978-85-54189-04-4
1. Histórias em quadrinhos 2. Literatura
infantojuvenil 3. Poe, Edgar Allan, 1809-1849
I. Vilachã, Francisco. II. Título.
18-17956   CDD-741.5

Índices para catálogo sistemático:
1. Histórias em quadrinhos 741.5
Maria Alice Ferreira - Bibliotecária - CRB-8/7964

caraminhoca

Rua Vieira de Moura, 76 – Vila Mariana
04117-150 – São Paulo/SP
Tel. (11) 3031-9992
www.caraminhoca.com.br
comercial.caraminhoca@gmail.com

CONTOS EXTRAORDINÁRIOS DE EDGAR ALLAN POE

Adaptação Ronaldo Antonelli • Ilustrações Francisco Vilachã
da obra original de Edgar Allan Poe

SÃO PAULO • 1ª EDIÇÃO 2018

caraminhoca

Sumário

ANNABEL LEE

Tradução de
FERNANDO PESSOA

Foi há muitos e muitos anos já,
Num reino de ao pé do mar.
Como sabeis todos, vivia lá
Aquela que eu soube amar;
E vivia sem outro pensamento
Que amar-me e eu a adorar.

Eu era criança e ela era criança,
Neste reino ao pé do mar;
Mas o nosso amor era mais que amor —
O meu e o dela a amar;
Um amor que os anjos do céu vieram
A ambos nós invejar.

E foi esta a razão por que, há muitos anos,
Neste reino ao pé do mar,
Um vento saiu duma nuvem, gelando
A linda que eu soube amar;
E o seu parente fidalgo veio
De longe a me a tirar,
Para a fechar num sepulcro
Neste reino ao pé do mar.

E os anjos, menos felizes no céu,
Ainda a nos invejar...
Sim, foi essa a razão (como sabem todos,
Neste reino ao pé do mar)
Que o vento saiu da nuvem de noite
Gelando e matando a que eu soube amar.

Mas o nosso amor era mais que o amor
De muitos mais velhos a amar,
De muitos de mais meditar,
E nem os anjos do céu lá em cima,
Nem demônios debaixo do mar
Poderão separar a minha alma da alma
Da linda que eu soube amar.

Porque os luares tristonhos só me trazem sonhos
Da linda que eu soube amar;
E as estrelas nos ares só me lembram olhares
Da linda que eu soube amar;
E assim 'stou deitado toda a noite ao lado
Do meu anjo, meu anjo, meu sonho e meu fado,
No sepulcro ao pé do mar,
Ao pé do murmúrio do mar.

her sepulchre

her tomb b

O MAR TRAZ TODO TIPO DE INDÍCIOS DE DRAMAS HUMANOS, DE DESTROÇOS DE NAUFRÁGIOS A ESQUELETOS OU OBJETOS PESSOAIS. ÀS VEZES, ATÉ MESMO HISTÓRIAS COMPLETAS DE VIDA E MORTE, COMO NESTE...

Manuscrito Encontrado numa Garrafa

Nada direi de minha origem, da qual me apartou uma vida de má conduta, a não ser que tive boa educação. Os estudos científicos me livraram de qualquer traço de misticismo e superstição!

"DIGO ISSO PARA QUE NÃO SE ENTENDA O QUE NARRO COMO FRUTO DE UMA IMAGINAÇÃO ARDENTE - QUE NUNCA TIVE, NEM MESMO APÓS UMA VIDA DE VIAGENS PELO MUNDO!"

"NO ANO DE 18..., EMBARQUEI COMO SIMPLES PASSAGEIRO NO PORTO DE BATÁVIA, NA ILHA DE JAVA..."

É UM BELO NAVIO! QUE CARGA LEVA?

ALGODÃO E AZEITE DAS ILHAS LAQUEDIVAS!

"A CARGA SE DESTINAVA AOS PORTOS DO ARQUIPÉLAGO, E OS TRIPULANTES ERAM QUASE TODOS MALAIOS!"

O NAVIO FOI MAL ESTIVADO, POR ISSO O CASCO RANGE!

SOU MARINHEIRO SUECO, SENHOR, O ÚNICO EUROPEU DA TRIPULAÇÃO!

"CERTA NOITE, O AR ESTAVA QUENTE DE FERVER!"

MAIS DE 30 METROS DE PROFUNDIDADE!

E MESMO ASSIM DÁ PRA VER O FUNDO!

NENHUM VENTO!

NEM ESTE FIO DE CABELO SE MEXE! SERÁ QUE VEM FURACÃO OU SIMUM?

TOLICE!

"O AR ABAFADO NÃO ME DEIXOU DORMIR, PORÉM..."

"... E TORNEI A SUBIR AO CONVÉS!"

QUE SENSAÇÃO ESTRANHA!

!!!

SPLAAAACH!!!

NÃO VEJO NENHUM DOS TRIPULANTES!

"QUANDO O BARCO RECOBROU ESTABILIDADE, VI QUE A ÁREA DAS CABINES FORA INUNDADA!"

E O CAPITÃO?

... OS MALAIOS!?

... ESTARÃO TODOS MORTOS!?

NÃO SOBROU NINGUÉM!?

ACHO QUE SÓ EU, SENHOR!

SE EU FOSSE FATALISTA COMO OS MALAIOS, TAMBÉM TERIA IDO DORMIR!...

E AGORA ESTARIA MORTO COMO ELES!

"O VELHO E EU INSPECIONAMOS O NAVIO. NADA PODÍAMOS FAZER PELAS AVARIAS, MAS, PARA NOSSA SURPRESA..."

AS BOMBAS ESTÃO FUNCIONANDO! E BOA PARTE DA CARGA ESTÁ NO LUGAR!...

"NO DORMITÓRIO DA TRIPULAÇÃO, PORÉM..."

OHH!!

"A MESMA COISA NOS CAMAROTES DE PASSAGEIROS..."

"SEGUIMOS SOB A TEMPESTADE, DURANTE CINCO DIAS E CINCO NOITES..."

SÓ AÇÚCAR MASCAVO PRA COMER!

NÃO AGUENTO MAIS!

"ENTÃO A TEMPESTADE PARECEU FINDAR, MAS NÃO AS RAJADAS DE VENTO!..."

ISSO É O SOL!?

"DEPOIS SE SEGUIU UM FRIO INTENSO E..."

ONDE ESTÁ VOCÊ?

ESTÁ FICANDO UM BREU!

"NOSSO RUMO CONSTANTE PARECIA A SUDOESTE DA NOVA HOLANDA..."

"CADA MINUTO PARECIA O ÚLTIMO!

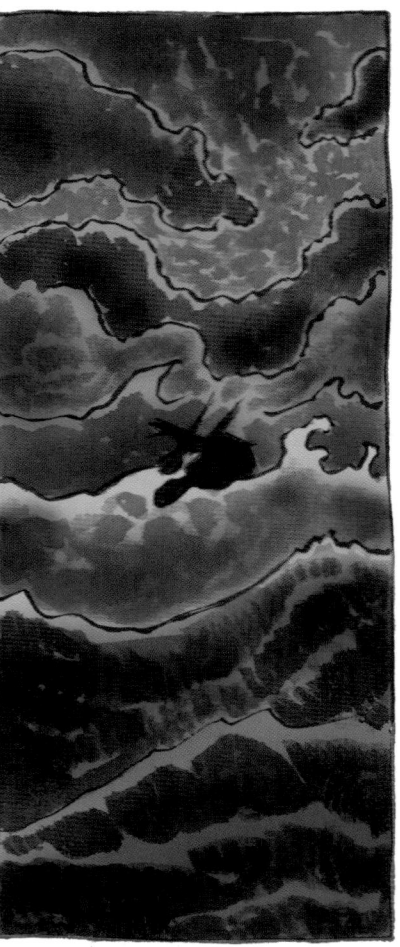

"CADA VAGALHÃO, O QUE POR FIM NOS ENGOLIRIA!"

"ENVOLVEU-NOS UMA NOITE ETERNA, UM DESERTO DE ÉBANO LÍQUIDO!"

"CALCULÁVAMOS TER NAVEGADO MAIS A SUDOESTE QUE QUALQUER NAVEGANTE ANTERIOR!"

"NA MANHÃ DO SEXTO DIA..."

DEUS TODO PODEROSO!

VEJA!

VEJA!!!

"UM NAVIO, NA CRISTA DE UMA ONDA CEM VEZES MAIS ALTA DO QUE ELE!"

"E, EM SEGUIDA, EI-LO BEM À NOSSA FRENTE: O MAIOR NAVIO QUE JÁ VI!"

"REFUGIADO NA POPA, AGUARDEI A COLISÃO..."

"FUI ATIRADO CONTRA O CORDAME DO NAVIO GIGANTE!"

"A ESTRANHEZA DAQUELA GENTE, A UM RELANCE DE OLHOS, LEVOU-ME A ESCAPAR PELA ESCOTILHA E OCULTAR-ME NOS PORÕES!"

"CAVEI PENOSAMENTE UM ESCONDERIJO NO MADEIRAMENTO DO CASCO!"

"MAL TERMINEI O TRABALHO..."

RASST!...

RASST!...

SERÁ UM DAQUELES HOMENS ESTRANHOS QUE VI NO CONVÉS?

"APODEROU-SE DE MIM UMA SENSAÇÃO INEXPRIMÍVEL, UM SENTIMENTO SEM TRADUÇÃO NAS LIÇÕES DO PASSADO!"

"RECORDEI-ME DO VELHO SUECO, NO MOMENTO EM QUE ERA TRAGADO PELA COLISÃO DOS DOIS NAVIOS..."

"... SEGUIDO, LOGO DEPOIS, PELOS RESTOS DE NOSSO NAVIO CARGUEIRO!"

"INCORPOROU-SE À MINHA ALMA UMA NOVA ENTIDADE!"

"PISEI PELA PRIMEIRA VEZ O CONVÉS DESTE NAVIO TERRÍVEL!"

"VI QUE, PARA MIM, AQUELES ERAM HOMENS INCOMPREENSÍVEIS PARA SEMPRE!"

"MERGULHADOS EM MEDITAÇÕES QUE NÃO POSSO ADIVINHAR, PASSAM SEM ME VER - É, POIS, DESNECESSÁRIO ME OCULTAR!"

"OUSEI VIOLAR ATÉ MESMO A CABINE DO CAPITÃO, ONDE OBTIVE MATERIAL PARA REDIGIR ESTE DIÁRIO!"

"TOPEI, ENFIM, COM O PRÓPRIO CAPITÃO, A QUEM OLHEI DIRETAMENTE NOS OLHOS – E ELE NÃO PRESTOU ATENÇÃO EM MIM!"

"MESMO ASSIM, SUA PESSOA IMPRESSIONOU-ME NO MAIS FUNDO..."

"ELE SINTETIZAVA O SENTIMENTO QUE ME INFUNDIRAM OS HOMENS DESTE NAVIO: A MARCA DO QUE HÁ DE MAIS ESTRANHO, ARCAICO DE OUTRAS ERAS MESMO, ALIADA A UMA CONTRADITÓRIA SENSAÇÃO DE FAMILIARIDADE!"

Frisk t z...

"SUAS RUGAS SUPORTAVAM O PESO DE MILÊNIOS, SEUS CABELOS ERAM O ARQUIVO DO PASSADO, OS OLHOS, AS SÍLABAS DO FUTURO!"

...z y t r o v i s k...

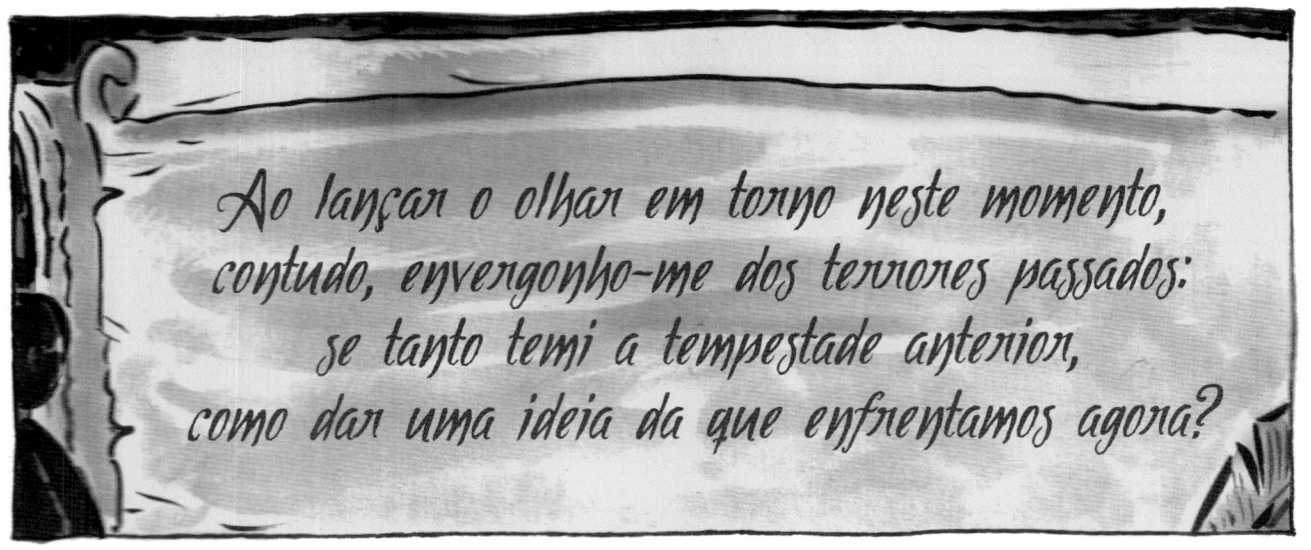

Ao lançar o olhar em torno neste momento, contudo, envergonho-me dos terrores passados: se tanto temi a tempestade anterior, como dar uma ideia da que enfrentamos agora?

"AO LONGE, PAREDÕES DE GELO QUE SÃO COMO QUE OS MUROS DO UNIVERSO!"

"UIVANDO ATRAVÉS DO GELO, A CORRENTE CONDUZ O BARCO COM ÍMPETO DE UMA CACHOEIRA!"

É A ÚNICA EXPLICAÇÃO PRA NÃO TERMOS AFUNDADO, NESTA VELOCIDADE!

"A CURIOSIDADE DE PENETRAR OS MISTÉRIOS DESTAS REGIÕES, PORÉM, COMPENSA OS HORRORES QUE VIVO AO LADO DESSES HOMENS-FANTASMAS.!"

"É EVIDENTE QUE RUMAMOS AO ENCONTRO DE UM CONHECIMENTO PRECIOSO."

"QUEM SABE ATINGIREMOS O POLO SUL.!"

"UM SEGREDO SERÁ REVELADO, É A ESPERANÇA QUE SE LÊ NO ROSTO DE TODOS ELES.!"

"MAS ENTÃO OS GELOS SE ABREM À DIREITA E À ESQUERDA....!"

"POUCO TEMPO ME RESTA PARA PENSAR EM MEU DESTINO! O NAVIO ESTREMECE E - OH, MEU DEUS! - COMEÇA A..."

afundaaan!!!

O DESTINO DE GERAÇÕES INTEIRAS TALVEZ NÃO PASSE DE UM MANUSCRITO ENCERRADO NUMA GARRAFA, AO SABOR DAS ONDAS...

QUEM SABE!

Fim

Only this and

nothing more

SÃO INJUSTOS E IGNORANTES OS CRÍTICOS QUE ME ACUSAM DE NUNCA TER ESCRITO UM CONTO MORAL. TODAVIA, PARA QUE NÃO PAIRE DÚVIDA SOBRE MINHAS DISPOSIÇÕES, RELATO A HISTÓRIA DE MEU POBRE AMIGO TOBY DANOUSSE, SOBRE CUJA MORAL NÃO CABERÁ NENHUMA DISCUSSÃO.

UMA SOLUÇÃO MAIS ARGUTA QUE A DE LA FONTAINE E OUTROS, QUE ME DEIXAM O CONCEITO PARA O FINAL. AQUI A MORAL DA HISTÓRIA JÁ FICA EVIDENTE NO TÍTULO!

NUNCA APOSTE A CABEÇA COM O DIABO

"NÃO TENCIONO AQUI CENSURAR OS INÚMEROS VÍCIOS DE TOBY DANOUSSE, QUE ERA UM POBRE-DIABO E JÁ ESTÁ MORTO..."

"A CAUSA DE SEUS VÍCIOS PROVINHA DE UMA DEFICIÊNCIA NATURAL DE SUA MÃE, QUE ERA CANHOTA..."

"BEM QUE ELA TENTOU CASTIGAR SEVERAMENTE AS INCLINAÇÕES DO FILHO!"

EM TEMPOS RECENTES OS CASTIGOS FÍSICOS TÊM SIDO CONDENADOS!

MAS NAQUELA ÉPOCA SE ACREDITAVA QUE, ASSIM COMO A CARNE DURA, AS CRIANÇAS SÃO BOAS PARA BATER!

"ERA O QUE A MÃE FAZIA COM TOBY, SÓ QUE O SURRAVA COM A CANHOTA! ORA, O MUNDO GIRA DA DIREITA PARA A ESQUERDA..."

... E UMA CRIANÇA, SURRADA CANHOTAMENTE, O MAIS QUE PODIA FICAR ERA CANHOTAMENTE INCORRETA!

"DE FATO, A PRECOCIDADE DE TOBY NO VÍCIO ERA ESPANTOSA. COM SEIS MESES JÁ ESCAMOTEAVA CARTAS DE BARALHO..."

"... E AGARRAVA OS BEBÊS FÊMEAS A SEU ALCANCE!"

"ANTES DE UM ANO PROVAVA DOSES DE ÁLCOOL!"

"TOBY FOI CRESCENDO EM INIQUIDADE E GANHOU SEUS HÁBITOS MAIS CARACTERÍSTICOS: PRAGUEJAR, BLASFEMAR E..."

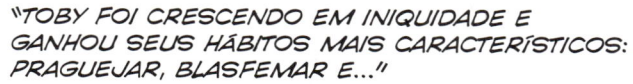

¥☠☢! APOSTO O QUE QUISER COMO AMANHÃ CHOVE!!

"NINGUÉM, NEM ELE PRÓPRIO, LEVAVA A SÉRIO SUAS APOSTAS. MESMO PORQUE ERA MUITO POBRE - OUTRA DEFICIÊNCIA HERDADA DA MÃE!"

APOSTO UMA BAGATELA COMO O RIO BAIXOU!

APOSTO O QUE TIVER CORAGEM COMO PESCO MAIS QUE VOCÊ!

"ERA APENAS UMA FÓRMULA QUE, COM A IDADE, TORNOU-SE EXCLUSIVA..."

APOSTO MINHA CABEÇA COM O DIABO COMO...

"FIZ DE TUDO PARA COMBATER ESSE HÁBITO!"

PARE COM ISSO! É VULGAR, E INDECENTE!...

É IMORAL!

APOSTO A CABEÇA COM O DIABO COMO VOCÊ NÃO REPETE ISSO!

"TEMPOS DEPOIS, ESTÁVAMOS LONGE DE CASA, E APROVEITEI PARA FALAR-LHE COM A MAIOR SERIEDADE POSSÍVEL..."

É ABSURDO FICAR REPETINDO ESSA APOSTA! SUA SANIDADE ESTÁ EM RISCO!

SUA ALMA!

NUNCA MAIS ME ESQUECEREI DA CARETA QUE ELE FEZ ANTES DE RESPONDER!

NUNCA MAIS!... NUNCA MAIS!...

GUARDE SEUS CONSELHOS, NÃO PRECISO DELES! SOU ADULTO, MAS VOCÊ NÃO PASSA DE UM FEDELHO! APOSTO A CABEÇA COM O DIABO COMO SUA MÃE NEM SABE QUE VOCÊ ESTÁ FORA DE CASA!

"FELIZMENTE ELE SE FOI, POIS NUNCA ME SENTI TÃO INSULTADO. CHEGUEI A DESEJAR QUE REALMENTE PERDESSE SUA PEQUENA CABEÇA PARA O ARQUI-INIMIGO!"

"VI QUE NÃO TINHA MAIS O QUE FAZER POR TOBY. MESMO ASSIM, NÃO ME AFASTEI DELE TOTALMENTE..."

APOSTO A CABEÇA COM O DIABO COMO VOCÊ NÃO SAI DESSA!

"UM DIA SAÍMOS A PASSEIO PELO CAMPO. NUNCA VI MEU AMIGO TÃO INQUIETO!"

O QUE HÁ COM VOCÊ? POR QUE ESTÁ TÃO AGITADO?

APOSTO QUALQUER COISA COMO ALCANÇO AQUELA FRUTA!

"PARECIA QUE ELE FALAVA SOZINHO, ENQUANTO SALTAVA DE UM LADO PARA O OUTRO!"

HÁ ALGO MISTERIOSO NO AR! ALGO **SOBRENATURAL**!

"SOB A COBERTURA DA PONTE..."

NOSSA! COMO ESTÁ ESCURO AQUI!

"VI ENTÃO QUE MEU AMIGO SOFRERA UMA LESÃO GRAVÍSSIMA!"

EI! PRA ONDE VAI ESSE VELHO?

TOBY, VOCÊ...

MEU DEUS!!!

DESNECESSÁRIO DIZER QUE TOBY DANOUSSE NUNCA MAIS FEZ SEUS DESAFIOS... ELE NÃO TINHA MAIS CABEÇA PARA APOSTAR, NEM BOCA PARA LANÇAR SUAS APOSTAS!

NUNCA MAIS... NUNCA MAIS...

FIM

O Corvo

(traduzido por Fernando Pessoa)

Numa meia-noite agreste, quando eu lia, lento e triste,
Vagos, curiosos tomos de ciências ancestrais,
E já quase adormecia, ouvi o que parecia
O som de alguém que batia levemente a meus umbrais.
"Uma visita", eu me disse, "está batendo a meus umbrais.
     É só isto, e nada mais."

Ah, que bem disso me lembro! Era no frio dezembro,
E o fogo, morrendo negro, urdia sombras desiguais.
Como eu qu'ria a madrugada, toda a noite aos livros dada
P'ra esquecer (em vão!) a amada, hoje entre hostes celestiais –
Essa cujo nome sabem as hostes celestiais,
     Mas sem nome aqui jamais!

Como, a tremer frio e frouxo, cada reposteiro roxo
Me incutia, urdia estranhos terrores nunca antes tais!
Mas, a mim mesmo infundindo força, eu ia repetindo,
"É uma visita pedindo entrada aqui em meus umbrais;
Uma visita tardia pede entrada em meus umbrais.
     É só isto, e nada mais".

E, mais forte num instante, já nem tardo ou hesitante,
"Senhor", eu disse, "ou senhora, decerto me desculpais;
Mas eu ia adormecendo, quando viestes batendo,
Tão levemente batendo, batendo por meus umbrais,
Que mal ouvi..." E abri largos, franqueando-os, meus umbrais.
Noite, noite e nada mais.

A treva enorme fitando, fiquei perdido receando,
Dúbio e tais sonhos sonhando que os ninguém sonhou iguais.
Mas a noite era infinita, a paz profunda e maldita,
E a única palavra dita foi um nome cheio de ais –
Eu o disse, o nome *dela*, e o eco disse aos meus ais.
Isto só e nada mais.

Para dentro estão volvendo, toda a alma em mim ardendo,
Não tardou que ouvisse novo som batendo mais e mais.
"Por certo", disse eu, "aquela bulha é na minha janela.
Vamos ver o que está nela, e o que são estes sinais."
Meu coração se distraía pesquisando estes sinais.
"É o vento, e nada mais."

Abri então a vidraça, e eis que, com muita negaça,
Entrou grave e nobre um corvo dos bons tempos ancestrais.
Não fez nenhum cumprimento, não parou nem um momento,
Mas com ar solene e lento pousou sobre os meus umbrais,
Num alvo busto de Atena que há por sobre meus umbrais.
             Foi, pousou, e nada mais.

E esta ave estranha e escura fez sorrir minha amargura
Com o solene decoro de seus ares rituais.
"Tens o aspecto tosquiado", disse eu, "mas de nobre e ousado,
Ó velho corvo emigrado lá das trevas infernais!
Dize-me qual o teu nome lá nas trevas infernais."
             Disse o corvo, "Nunca mais".

Pasmei de ouvir este raro pássaro falar tão claro,
Inda que pouco sentido tivessem palavras tais.
Mas deve ser concedido que ninguém terá havido
Que uma ave tenha tido pousada nos seus umbrais,
Ave ou bicho sobre o busto que há por sobre seus umbrais,
             Com o nome "Nunca mais".

Mas o corvo, sobre o busto, nada mais dissera, augusto,
Que essa frase, qual se nela a alma lhe ficasse em ais.
Nem mais voz nem movimento fez, e eu, em meu pensamento
Perdido, murmurei lento, "Amigo, sonhos – mortais
Todos – todos já se foram. Amanhã também te vais".
                    Disse o corvo, "Nunca mais".

A alma súbito movida por frase tão bem cabida,
"Por certo", disse eu, "são estas vozes usuais,
Aprendeu-as de algum dono, que a desgraça e o abandono
Seguiram até que o entono da alma se quebrou em ais,
E o bordão de desesp'rança de seu canto cheio de ais
                    Era este "Nunca mais".

Mas, fazendo inda a ave escura sorrir a minha amargura,
Sentei-me defronte dela, do alvo busto e meus umbrais;
E, enterrado na cadeira, pensei de muita maneira
Que qu'ria esta ave agoureira dos maus tempos ancestrais,
Esta ave negra e agoureira dos maus tempos ancestrais,
                    Com aquele "Nunca mais".

Comigo isto discorrendo, mas nem sílaba dizendo
À ave que na minha alma cravava os olhos fatais,
Isto e mais ia cismando, a cabeça reclinando
No veludo onde a luz punha vagas sombras desiguais,
Naquele veludo onde *ela*, entre as sombras desiguais,
    Reclinar-se-á nunca mais!

Fez-se então o ar mais denso, como cheio dum incenso
Que anjos dessem, cujos leves passos soam musicais.
"Maldito!", a mim disse, "deu-te Deus, por anjos concedeu-te
O esquecimento; valeu-te. Toma-o, esquece, com teus ais,
O nome da que não esqueces, e que faz esses teus ais!"
    Disse o corvo, "Nunca mais".

"Profeta", disse eu, "profeta – ou demônio ou ave preta!
Fosse diabo ou tempestade quem te trouxe a meus umbrais,
A este luto e este degredo, a esta noite e este segredo,
A esta casa de ânsia e medo, dize a esta alma a quem atrais
Se há um bálsamo longínquo para esta alma a quem atrais!"
    Disse o corvo, "Nunca mais".

"Profeta", disse eu, "profeta – ou demônio ou ave preta!
Pelo Deus ante quem ambos somos fracos e mortais.
Dize a esta alma entristecida se no Éden de outra vida
Verá essa hoje perdida entre hostes celestiais,
Essa cujo nome sabem as hostes celestiais!"
          Disse o corvo, "Nunca mais".

"Que esse grito nos aparte, ave ou diabo!", eu disse. "Parte!
Torna à noite e à tempestade! Torna às trevas infernais!
Não deixes pena que ateste a mentira que disseste!
Minha solidão me reste! Tira-te de meus umbrais!
Tira o vulto de meu peito e a sombra de meus umbrais!"
          Disse o corvo, "Nunca mais".

E o corvo, na noite infinda, está ainda, está ainda
No alvo busto de Atena que há por sobre os meus umbrais.
Seu olhar tem a medonha dor de um demônio que sonha,
E a luz lança-lhe a tristonha sombra no chão mais e mais,
E a minh'alma dessa sombra, que no chão há mais e mais,
          Libertar-se-á... nunca mais!

É VERDADE! NERVOSO, MUITO NERVOSO MESMO EU ESTIVE E ESTOU. MAS POR QUE LOUCO?

A DOENÇA EXACERBOU MEUS SENTIDOS, NÃO OS DESTRUIU! E O MAIS AGUÇADO FOI O DA AUDIÇÃO: TENHO OUVIDO COISAS DO CÉU E DO INFERNO!

COMO POSSO ESTAR LOUCO? OBSERVE COM QUE SANIDADE CONSIGO CONTAR TODA A HISTÓRIA!

IMPOSSÍVEL SABER COMO NASCEU A IDEIA, MAS DESDE ENTÃO ELA ME ATORMENTOU DIA E NOITE.

OBJETIVO NÃO HAVIA. PAIXÃO NÃO HAVIA. EU GOSTAVA DO VELHO.

ELE NUNCA ME FEZ MAL...

EU NÃO QUERIA SEU DINHEIRO...

ACHO QUE ERA SEU OLHO!

O CORAÇÃO DELATOR

FOI ISSO! UM DE SEUS OLHOS PARECIA O DE UM ABUTRE: SEMPRE QUE CAÍA SOBRE MIM, MEU SANGUE GELAVA.

ENTÃO POUCO A POUCO TOMEI A DECISÃO DE MATAR O VELHO E ME LIVRAR DO OLHO PARA SEMPRE!

ACHA QUE SOU LOUCO?

OS LOUCOS NADA SABEM!

DEVERIA VER COM QUE SENSATEZ EU AGI...

... COM QUANTA PRECAUÇÃO E DISSIMULAÇÃO!

NUNCA FUI TÃO GENTIL COM O VELHO COMO DURANTE A SEMANA ANTES DE MATÁ-LO...

POR VOLTA DE MEIA-NOITE, EU ABRIA SUA PORTA, AH, COM TANTA DELICADEZA!

O SENHOR RIRIA SE VISSE COM QUE HABILIDADE EU PASSAVA A CABEÇA PELA ABERTURA, LEVAVA UMA HORA NISSO!

UM LOUCO AGIRIA ASSIM?

FIZ ISSO POR SETE LONGAS NOITES, MAS ERA IMPOSSÍVEL EXECUTAR O TRABALHO...

NÃO ERA O VELHO QUE ME EXASPERAVA, E SIM...

... SEU OLHO MALIGNO!

ENTÃO, COMO PASSOU A NOITE?

DORMIU BEM?

PRECISARIA SER UM VELHO MUITO ASTUTO PARA SUSPEITAR DE QUE TODA NOITE EU O OBSERVAVA, ENQUANTO DORMIA!

NA OITAVA NOITE, TOMEI UM CUIDADO AINDA MAIOR! O PONTEIRO DOS MINUTOS DE UM RELÓGIO SERIA MAIS RÁPIDO QUE MINHA MÃO!...

NUNCA SENTIRIA ATÉ ENTÃO A EXTENSÃO DE MEU PODER, DE MINHA SAGACIDADE!

PENSAR QUE ELE NEM SEQUER SUSPEITAVA DE MEUS ATOS ME FEZ RIR DE FORMA QUASE AUDÍVEL...

CÉUS! TERIA ELE ACORDADO?!

O QUARTO ERA PURO BREU: SABIA QUE ELE NÃO PODIA VER A PORTA SE ABRINDO!

ESTAVA A PONTO DE ACENDER A LANTERNA QUANDO...

QUEM ESTÁ AÍ?

PASSEI UMA HORA INTEIRA SEM MOVER UM MÚSCULO, E ELE CONTINUAVA SENTADO NA CAMA, OUVINDO, COMO TANTAS NOITES EU MESMO FAZIA...

HUUUH... HUUUUHHHH...

CONHECIA BEM AQUELE SOM QUE SOBE DO FUNDO DA ALMA ATERRORIZADA E, MUITAS NOITES, BROTARIA DE MEU PRÓPRIO PEITO!...

SABIA QUE O VELHO ESTAVA DESPERTO DESDE O PRIMEIRO BARULHINHO, TENTANDO FAZER DE CONTA QUE SEUS TERRORES ERAM INFUNDADOS:

"É O VENTO NA CHAMINÉ... É APENAS UM CAMUNDONGO..."

MAS NÃO! A MORTE PROJETARA NELE SUA SOMBRA NEGRA E FAZIA-O SENTIR MINHA PRESENÇA MESMO SEM VER!

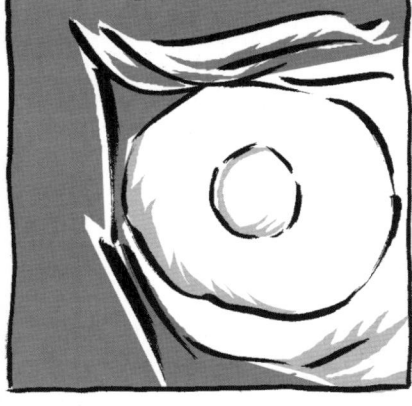

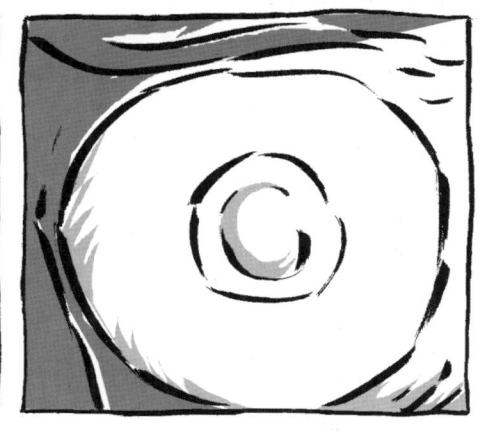

COMECEI A OUVIR UM RUÍDO ABAFADO, COMO DE UM RELÓGIO ENVOLTO EM ALGODÃO: AS BATIDAS DO CORAÇÃO DO VELHO! SEU TERROR DEVIA SER IMENSO!

TZUN-ZU!

TZUN-ZU!

TZUN-ZU!

TZUN-ZU!

TZUN-ZU!

TZUN-ZU!

TZUN-ZU!

TZUN-ZU!

A CADA INSTANTE MAIS RÁPIDO E MAIS ALTO, AUMENTANDO MEU TERROR E MINHA FÚRIA! OS VIZINHOS IAM OUVIR!

AAAHHHHH!!!!!

TZUN-ZU

TZUN-ZU

TZUN-ZU

HUUUHHHHH!!!!!!!

TZUM!

PRAAC!

POR ALGUM TEMPO OUVI SEU CORAÇÃO...

TZUN-ZU! TZUN-ZU! TZUN-ZU!

TZUN-ZU!

TZUN-ZU!

TZUN-ZU!

POR FIM, CESSOU. O VELHO ESTAVA MORTO...

SE AINDA ME ACHA LOUCO, O SENHOR FICARÁ SUPRESO...

... COM MINHAS PRECAUÇÕES PARA OCULTAR O CORPO!

DEPOSITEI TUDO ENTRE AS VIGAS DA ESTRUTURA...

RECOLOQUEI AS PRANCHAS COM TANTA MANHA QUE NENHUM OLHO - NEM MESMO O DELE! - DETECTARIA ALGO DE ERRADO!

TERMINEI O TRABALHO ÀS QUATRO DA MANHÃ E DORMI. FUI DESPERTO POR BATIDAS NA PORTA.

ABRI DE CORAÇÃO LEVE: O QUE TINHA A TEMER?

UM VIZINHO OUVIRA UM GRITO DURANTE A NOITE E APRESENTARA QUEIXA À DELEGACIA...

PRECISAMOS EXAMINAR O LOCAL!

O GRITO FOI MEU, NUM SONHO... O VELHO VIAJOU, ESTÁ NO CAMPO, MAS POSSO MOSTRAR A CASA!

SEGURO, IMPERTUBÁVEL EM MINHA CONFIANÇA, MOSTREI-LHES O QUARTO DO VELHO!

NA LOUCA AUDÁCIA DE UM TRIUNFO PERFEITO, INSTALEI MINHA CADEIRA EXATAMENTE NO PONTO ONDE ESTAVA O CADÁVER!

PARECE QUE ESTÁ TUDO BEM!

DESCANSEM POR UM INSTANTE!

TZUN-ZU! TZUN-ZU!

FALEI COM MAIS VIVACIDADE PARA ME LIVRAR DE UMA SÚBITA SENSAÇÃO, QUE FOI CRESCENDO! FINALMENTE DESCOBRI QUE O BARULHO NÃO ESTAVA DENTRO DE MIM!

TZUN-ZU   TZUN-ZU   TZUN-ZU

ERA UM SOM SURDO, RÁPIDO - PARECIDO COM O QUE FAZ UM RELÓGIO ENVOLTO EM ALGODÃO!...

TZUN-ZU   TZUN-ZU   TZUN-ZU   TZUN-ZU   TZUN-ZU   TZUN-ZU   TZUN-ZU   TZUN-ZU   TZUN-ZU   TZUN-ZU   TZUN-ZU   TZUN-ZU   TZUN-ZU   TZUN-ZU

LEVANTEI-ME E DISCUTI SOBRE NINHARIAS, MAS O BARULHO AUMENTAVA SEMPRE.

E ELES NÃO PERCEBIAM? POR QUE NÃO IAM EMBORA?

TZUN-ZU   TZUN-ZU   TZUN-ZU   TZUN-ZU   TZUN-ZU   TZUN-ZU   TZUN-ZU   TZUN-ZU   TZUN-ZU   TZUN-ZU   TZUN-ZU   TZUN-ZU

ELES SUSPEITAVAM! ELES SABIAM! ESTAVAM ZOMBANDO DO MEU HORROR!

TZUN-ZU!   TZUN-ZU!   TZUN-ZU!   TZUN-ZU!   TZUN-ZU!   TZUN-ZU!   TZUN-ZU!

MISERÁVEIS, NÃO DIFARCEM MAIS!

EU CONFESSO! LEVANTEM AS PRANCHAS!

AQUI! AQUI!

OUÇAM AS BATIDAS DE SEU MALDITO CORAÇÃO!

OUVIRIA ELE AS BATIDAS DO CORAÇÃO DO DEFUNTO OU DE SEU PRÓPRIO?

QUEM SABE...

FIM

O BARRIL DE AMONTILLADO

MONTRESOR sempre suportou com paciência as piadas injuriosas de FORTUNATO a respeito da grande paixão de ambos, o vinho. MAS a gota d'água veio quando o amigo, um dos homens mais ricos de VENEZA...

... O INSULTOU EM PÚBLICO!

VOCÊ É UM PASPALHÃO QUE NADA ENTENDE DE VINHOS!

MONTRESOR NADA RESPONDEU, MAS INTIMAMENTE FEZ UM JURAMENTO.

VOU ME VINGAR, PORÉM NÃO POSSO SER PUNIDO PELA LEI! OU A OFENSA CONTINUARÁ SEM REPARAÇÃO...

O SEGUNDO PONTO É QUE ELE SAIBA QUE SOU EU QUE ME VINGO! OU A VINGANÇA NÃO ESTARÁ COMPLETA!

"IL SOLE ALTO SPLENDE GIÃ..."

NOS DIAS QUE SE SEGUIRAM, ELE MANTEVE AS APARÊNCIAS E CONTINUOU SORRINDO EM PRESENÇA DE FORTUNATO!

OLÁ, MONTRESOR! SENTE-SE, VOU LHE DAR MAIS UMA AULA DE DEGUSTAÇÃO! HE-HE!

A OPORTUNIDADE APARECEU NO CARNAVAL, QUANDO O ENCONTROU EMBRIAGADO, PELA RUA...

É UMA SORTE ENCONTRÁ-LO, FORTUNATO! RECEBI UM BARRIL COMO SENDO DE AMONTILLADO, MAS TENHO MINHAS DÚVIDAS...

UM BARRIL DE AMONTILLADO!? EM PLENO CARNAVAL!?

BEM, AINDA NÃO PAGUEI POR ELE! POR ISSO PRETENDIA CONSULTÁ-LO...

AMONTILLADO!

MAS VOCÊ ESTÁ OCUPADO, ENTÃO EU TALVEZ PROCURE LUCHESI!

LUCHESI É INCAPAZ DE DISTINGUIR UM AMONTILLADO DE UM XEREZ!

VENHA, VAMOS EMBORA!

PRA ONDE?

PARA SUA ADEGA, SEU IDIOTA!

ESTÁ BEM, VAMOS!

MONTRESOR TINHA DITO AOS CRIADOS QUE SÓ VOLTARIA DALI A DOIS DIAS, ORDENANDO QUE NÃO SAÍSSEM DE CASA. SABIA QUE ISSO ERA O BASTANTE PARA QUE TODOS DESAPARECESSEM!

VOCÊ VAI CONHECER AS CATACUMBAS DA FAMÍLIA! TEMOS DE PASSAR POR LÁ!

SIM, CLARO... MINHA ADEGA TAMBÉM FICA NOS PORÕES...

ISSO É SALITRE? COF! COF!

SIM, SALITRE... HÁ QUANTO TEMPO TEM ESSA TOSSE? É MELHOR VOLTARMOS, VAI AFETAR SUA SAÚDE! POSSO PROCURAR LUCHESI...

CONTINUARAM DESCENDO PELOS PORÕES DA CASA...

O SALITRE AUMENTA, ESTAMOS SOB O LEITO DO CANAL! É MELHOR VOLTAR... SUA TOSSE...

COF! COF!

PROSSIGAMOS! MAS, ANTES, OUTRO GOLE DE MEDOC!

FORTUNATO ESVAZIOU A GARRAFA DE UM TRAGO!

COMPREENDE MEUS GESTOS?

NÃO, VOCÊ NÃO PERTENCE À MAÇONARIA!

MAÇONARIA? OH, SIM, SOU MAÇOM, VEJA!

PIADA VELHA! QUALQUER UM CONHECE A PALAVRA EM FRANCÊS, PORQUE OS FUNDADORES DE NOSSA ORDEM ERAM PEDREIROS... MAS VAMOS - COF! COF! - AO AMONTILLADO!

O BARRIL ESTÁ EM OUTRA CRIPTA, ALI NO FUNDO...

MAMMA MIA! QUE ESCURIDÃO!

MAS NÃO SE VÊ NADA AÍ DENTRO!

É MELHOR VOLTAR... AMANHÃ VENHO COM LUCHESI E TRAGO LANTERNAS MAIORES!

LUCHESI É TÃO IMBECIL QUANTO VOCÊ EM MATÉRIAS DE VINHOS! VOU VER ESSE AMONTILLADO JÁ!

MONTRESOR JÁ DEIXARA TUDO PREPARADO...

A ESCURIDÃO E A EMBRIAGUEZ NÃO DEIXARAM FORTUNATO PERCEBER QUE MONTRESOR O ACORRENTAVA!

SIM, VOCÊ VERÁ!

ESTÁ MUITO ESCURO! E O BARRIL?

VÁ TATEANDO PELAS PAREDES! MAS CUIDADO COM O SALITRE!

ESTAS CORRENTES!... O QUE SIGNIFICA ISSO?!!

TLEC-TLEC!

TLEC-TLEC!

HA! HA! HA! É UMA PIADA! VAMOS RIR MUITO NO *PALAZZO*, ONDE NOS ESPERAM! HA! HA! HA!

UMA EXCELENTE PIADA! *COF! COF!*

PELO... AMOR DE... DEUS...!!!

TERMINOU DE VEDAR A CRIPTA PERTO DA MEIA-NOITE.

DURANTE MEIO SÉCULO, NINGUÉM PERTURBOU OS OSSOS ALI SEPULTADOS...

IN PACE REQUIESCANT!

"AL BUIO TU NON GUARIRAI..."

FIM

O demônio da intemperança - isto é, o abuso das bebidas alcoólicas - pode transformar as almas mais sensíveis em verdadeiros monstros de perversidade, como aconteceu com o infeliz herói desta história! Mas só ele pode explicar sua transformação...

Sim, deixemos que ele mesmo conte!

"DESDE A INFÂNCIA, A DOCILIDADE FOI O TRAÇO MAIS EVIDENTE DE MEU CARÁTER..."

LÁ ESTÁ ELE! É UM MENINO *TÃÃO* BONZIINHO!!!

PRINCIPALMENTE COM OS ANIMAIS. *QUII* BONITINHO!

"CONHECENDO MINHA TERNURA PELOS ANIMAIS, MEUS PAIS ME PERMITIAM POSSUIR GRANDE VARIEDADE DELES!"

"CASEI-ME COM UMA MULHER DE DISPOSIÇÃO IDÊNTICA, E ELA NÃO PERDIA OPORTUNIDADE DE ME PRESENTEAR COM PÁSSAROS, CÃES, COELHOS E... UM GATO..."

O GATO PRETO

SIM, UM GATO GRANDE E BELO, DE UMA INTELIGÊNCIA ESPANTOSA!

A PONTO DE ATIÇAR VELHAS SUPERSTIÇÕES!

"MINHA MULHER ME PROVOCAVA..."

ELE OBSERVA CADA UM DE SEUS GESTOS! QUEM SABE PLUTÃO SEJA UMA FEITICEIRA DISFARÇADA, COMO NAS LENDAS!

VOCÊ NÃO FALA A SÉRIO!

MAS VEJA COMO ELE SE ANTECIPA A SEUS PASSOS!

É SÓ PORQUE EU O ALIMENTO!

"MAS NÃO PODIA NEGAR QUE PLUTÃO ERA O MEU PREFERIDO..."

"ELE ME SEGUIA POR TODA PARTE!"

"E, ASSIM, NOSSA AMIZADE SE ESTENDEU POR ANOS!"

"E PODERIA TER DURADO MAIS, NÃO FOSSEM AS MUDANÇAS SOFRIDAS POR MEU TEMPERAMENTO E MEU CARÁTER COM O PASSAR DO TEMPO!"

"MUDANÇAS - FORÇOSO É CONFESSAR! - PARA PIOR!..."

"FIQUEI TACITURNO... IRRITADIÇO!"

"NO COMEÇO EU ME ARREPENDIA..."

"MAS LOGO ME TORNEI..."

"... INDIFERENTE..."

"... INDIFERENTE AOS SENTIMENTOS DOS DEMAIS SERES!'"

"PLUTÃO AINDA ME DESPERTAVA UMA CONSIDERAÇÃO QUE ME IMPEDIA DE MALTRATÁ-LO! JÁ OS OUTROS BICHOS..."

CHIU! SILÊNCIO!!!

"POR FIM, ATÉ ELE SE VIU EXPOSTO A MEU HUMOR DEPLORÁVEL!'"

VOCÊ ESTÁ FICANDO VELHO E CHEIO DE MANIAS, GATO IDIOTA!

"CERTA NOITE..."

TRENC! TRENC-TRENC! TRENC-TRENC! TRENC! TRENC!

SIM! ADIVINHE O QUE ACONTECEU CERTA NOITE?!

CLARO!

O DEMÔNIO DA INTEMPERANÇA...!

"O DEMÔNIO QUE SE APOSSOU DE MIM ARMOU-ME RAPIDAMENTE COM O CANIVETE..."

"O QUE FIZ, MEU DEUS!..."

GUEEEHHHHHH!!!!!!

"NO DIA SEGUINTE, VOLTANDO À RAZÃO, NÃO PODIA CRER NO QUE TINHA FEITO!"

"MAS NÃO DEMOREI A AFOGAR MEU HORROR NO VINHO!"

"ENTREMENTES PLUTÃO SE RESTABELECEU, LENTAMENTE..."

"MAS, COMO ERA DE SE ESPERAR..."

ESTÁ BEM, AGORA VOCÊ FOGE!

QUANDO MENOS ESPERAR...!

"FOI ASSIM QUE BROTOU EM MIM O ESPÍRITO DA PERVERSIDADE, DO QUAL A FILOSOFIA NÃO TOMA CONHECIMENTO..."

"... MAS QUE CONSIDERO UM IMPULSO PRIMITIVO DO CORAÇÃO HUMANO!"

"QUEM NÃO SE IMAGINOU MILHARES DE VEZES COMETENDO AÇÕES VIS OU ESTÚPIDAS? NÃO SENTIMOS UMA TENTAÇÃO CONSTANTE DE VIOLAR A LEI APENAS POR PRAZER?"

"O INSONDÁVEL DESEJO DA ALMA DE ATORMENTAR A SI MESMA, DE VIOLENTAR-SE FAZENDO O QUE SABE SER O MAL..."

"... FOI O QUE ME INCITOU AO SUPLÍCIO DO ANIMALZINHO INOFENSIVO!"

"EU TINHA O CORAÇÃO TRANSBORDANDO DE REMORSO!

GNNRRRLLLFFF!!!

ENFORQUEI-O PORQUE ELE ME AMAVA E NADA FIZERA PARA MERECER AQUILO!"

ELE MATOU O GATO PORQUE SABIA ESTAR COMETENDO UM PECADO!

UM PECADO MORTAL!

"NESSA NOITE ACORDEI COM GRITOS E ESTRONDOS..."

FOGO!!!

A CASA TODA ESTÁ EM CHAMAS!

"TODOS OS MEUS BENS TERRENOS FORAM TRAGADOS PELO FOGO!"

"NÃO ESTABELEÇO RELAÇÃO DE CAUSA ENTRE A MALDADE PRATICADA E O INCÊNDIO, APENAS NARRO A SEQUÊNCIA DOS FATOS!"

"NO DIA SEGUINTE..."

O QUE FAZ AQUELA GENTE ALI?

INCRÍVEL!

NUNCA SE VIU!

NA ÚNICA PAREDE QUE FICOU EM PÉ!

ONTEM, QUANDO VIMOS O FOGO, INVADIMOS O JARDIM!

LOGO JEFF THUMB VIU O GATO PENDURADO NA ÁRVORE E O TIROU!

MEUS PATRÕES ESTÃO DORMINDO LÁ DENTRO!

"NINGUÉM CONSEGUIA ABRIR A JANELA!"

JOGUE O GATO! JÁ ESTÁ MORTO MESMO!

A QUEDA DAS OUTRAS PAREDES COMPRIMIU O GATO CONTRA O GESSO!

COM O FOGO, A CAL E O AMONÍACO LIBERADO PELO CORPO PRODUZIRAM A IMAGEM NA PAREDE DA CAMA!

" A EXPLICAÇÃO SATISFAZIA A RAZÃO MAS NÃO MINHA CONSCIÊNCIA! OS MESES PASSARAM..."

NÃO CONSIGO ME LIVRAR DO FANTASMA DAQUELE GATO!

"UMA NOITE, NO PIOR BOTEQUIM DA CIDADE..."

O QU-QUE É AQUILO?

PARECE QUE SE MEXEU!

UM GATO!

PUXA! TÃO PARECIDO COM...

"SIM, MUITO PARECIDO COM PLUTÃO, EXCETO POR UMA COISA..."

PLUTÃO NÃO TINHA MANCHA NENHUMA, ERA TODO NEGRO!

"ACARICIEI-O E ELE REAGIU COM DEMONSTRAÇÕES DE PRAZER!'"

"QUANDO SAÍ, FOI QUASE NATURAL QUE ELE ME SEGUISSE..."

"ENTROU COMIGO COM TODA FAMILIARIDADE, COMO SE PERTENCESSE À CASA!'"

"FOI SÓ NO OUTRO DIA QUE NOTEI A COINCIDÊNCIA..."

CE-CEGO! E... DO MESMO OLHO!

É COMO SE PLUTÃO VOLTASSE, SÓ QUE COM UMA MANCHA BRANCA NO PEITO!

"ISSO E MAIS O APEGO QUE O GATO ME DEMONSTROU FORAM O SUFICIENTE PARA DESPERTAR-ME UMA IMENSA AVERSÃO POR ELE!'"

"AVERSÃO QUE EU A MUITO CUSTO CONTINHA PORQUE, NA VERDADE, SENTIA MEDO!..."

"MEDO DAQUELE SER QUE EVOCAVA O PIOR DE MEU PASSADO..."

"MEDO QUE CRESCIA À MEDIDA QUE UMA FANTASIA GANHAVA CORPO..."

"A FORCA! MÁQUINA DO HORROR E DA MORTE QUE EU TINHA IMPOSTO A UMA CRIATURA, TORNANDO-ME ASSIM UMA BESTA-FERA, UM MONSTRO!'"

"DESDE ENTÃO NÃO HAVIA MAIS DESCANSO PARA MIM: DE DIA, A VISÃO DE QUE ERA IMPOSSÍVEL FUGIR!..."

"... E, DE NOITE, ACORDANDO A TODO INSTANTE COM A SENSAÇÃO DE SEU HÁLITO SOBRE MEU ROSTO - O PESO DA FERA OPRIMINDO MEU CORAÇÃO!"

"MEUS PENSAMENTOS SE CONCENTRARAM NUM ÓDIO ABSOLUTO CONTRA TUDO E CONTRA TODOS!"

"MINHA MULHER TUDO SUPORTAVA COM PACIÊNCIA INFINITA..."

"UM DIA ELA ME AJUDAVA A DESCER UMA TRALHA AO PORÃO..."

ESTE MALDITO GATO VAI ME FAZER CAIR! AIIIH!

NÃO DISSE?!

EU MATO ESSE GATO DO INFERNO!!!

"EIS QUE O MACHADO SURGIU DO MEIO DA TRALHA!"

NÃO, QUERIDO! ELE NÃO TEM CULPA!

SAIA DE MEU CAMINHO!

"MORTA SEM UM GEMIDO!"

"TRATEI IMEDIATAMENTE DE ME LIVRAR DO CORPO..."

NÃO POSSO TIRÁ-LA DA CASA POR CAUSA DOS VIZINHOS...

"DECIDI QUE O MELHOR ERA EMPAREDÁ-LA COMPLETAMENTE, COMO OS MONGES DA IDADE MÉDIA FAZIAM COM SUAS VÍTIMAS!"

AO MENOS O MALDITO GATO NÃO ESTÁ POR AQUI PRA ME FAZER TROPEÇAR... ONDE TERÁ SE METIDO?

"UMA SALIÊNCIA NO CANTO VINHA A CALHAR..."

ISSO DEVE TER SIDO UMA LADEIRA OU CHAMINÉ! SERÁ FÁCIL TIRAR OS TIJOLOS...

"DE FATO, NÃO FOI DIFÍCIL!"

"QUANDO ACABEI DE CIMENTAR A PAREDE, PROCUREI O GATO, CAUSADOR DE TUDO!"

"DEPOIS DE MUITA PROCURA, CONCLUÍ QUE ELE DESAPARECERA DE VEZ!"

ESPERO QUE NÃO VOLTE... HÁ TEMPOS NÃO SINTO TANTO ALÍVIO!...

O MALDITO DEVE ESTAR COM MEDO DE MIM!

"DEI QUEIXA DO DESAPARECIMENTO. A POLÍCIA VEIO E DEU BUSCA NA CASA, INCLUSIVE NO PORÃO!"

NADA ENCONTRARAM!

ESTOU SALVO!

"JÁ COMEMORAVA MINHA FELICIDADE!"

"NO QUARTO DIA VOLTARAM OS POLICIAIS. CONFIANTE, ACOMPANHEI-OS EM NOVA BUSCA!"

E O PORÃO, É USADO PRA QUÊ?

DEPÓSITO DE TRASTES E COISAS VELHAS, APENAS!

A CASA É BEM ANTIGA... E MAL CONSTRUÍDA!

"ANSIOSO POR MOSTRAR SEGURANÇA, EU NÃO PARAVA DE FALAR E MOVIMENTAR-ME!"

OH, NÃO, SENHORES...

É UMA CASA MUITO BEM CONSTRUÍDA! ESTÁ UM POUCO VELHA MAS...

TOC!

GRREEHRHRHHHH!!!!!!!!!!!!

Q-QUE É ISSO!?

GRRRREEHRHRHHHH!!!!!!!!!!!!!!

P-PARECE UMA CRIANÇA CHORANDO!

PARECE UM DEMÔNIO DO INFERNO, ISSO SIM!

E ESTÁ ATRÁS DESTA PAREDE!

"IMOBILIZADO, EU CONTEMPLAVA O QUE ACONTECIA COMO NUM PESADELO!"

DEUS DO CÉU!

VEJAM ISSO!

"E ENTÃO..."

GRRRREEHRHRHHHH!!!!!!!!!!!!

NÃO ERA O UIVO DE UM DEMÔNIO MAS DE UM **GATO VIVO!** E FOI SUA PERDIÇÃO!

E ASSIM JUSTIFICOU SEU MEDO, AFINAL...

...nevermore

No século 19, pessoas das mais diversas categorias transitavam lado a lado, no centro de Londres. Hoje, com o distanciamento progressivo entre as classes, talvez já não se ofereça uma amostra social tão perfeita para...

O HOMEM DA MULTIDÃO!

SENTADO AO CAFÉ D, EU VOLTAVA À VIDA DEPOIS DE UMA LONGA ENFERMIDADE!

A TARDE CAÍA SOBRE A PRINCIPAL ARTÉRIA LONDRINA...

... E LOGO MINHA ATENÇÃO FOI ATRAÍDA PELOS DETALHES DOS TRANSEUNTES!

PUS-ME A CLASSIFICÁ-LOS SEGUNDO OS TRAJES E EXPRESSÕES DO ROSTO...

... E A TRAÇAR AS POSSÍVEIS HISTÓRIAS DE CADA UM DELES!

A TÍPICA ELEGÂNCIA "DE ESCRITÓRIO"...

... A POSE DENUNCIADORA DOS JOGADORES E BATEDORES DE CARTEIRA...

... OU OS RESQUÍCIOS DE DIGNIDADE DOS BÊBADOS!

EPA! AQUELE ROSTO!

NUNCA VI UMA EXPRESSÃO TÃO ESTRANHA!

O VELHO ERA UM MODELO IDEAL PARA AS PINTURAS DEMONÍACAS DE RETZSCH!

QUE HISTÓRIA EXTRAORDINÁRIA ESTÁ ESCRITA NAQUELE PEITO DECRÉPITO?

MARQUE NA MINHA CONTA!

PRA ONDE FOI O VELHO?

... AH!

VIA-SE QUE SUAS ROUPAS ESFARRAPADAS JÁ TINHAM SIDO FINAS...

ELE SEGUIU POR UMA HORA, SEMPRE ABRINDO CAMINHO COM SEGURANÇA!

ATÉ QUE A AVENIDA DEU NUM BECO...

NÃO ENTENDI O QUE O TINHA ABATIDO TANTO...

MAS LOGO DEMOS NUMA FEIRA, QUE ELE CERTAMENTE CONHECIA!

RECUPERANDO A FIRMEZA ANTERIOR, ELE PERCORREU A PRAÇA POR MAIS UMA HORA!

PARECE QUE A FEIRA VAI TERMINANDO...

UÉ! VAI PARA A RUA DOS TEATROS, AGORA?!

O VELHO SE REANIMOU MAIS UMA VEZ!

MAS JÁ ERA A SAÍDA DOS ESPETÁCULOS...

AONDE ELE VAI AGORA?

PARA OESTE? O PIOR DOS BAIRROS!?

NO SUBÚRBIO, A VIDA AVANÇA MADRUGADA ADENTRO!

NÃO IMPORTA, HEI DE DESCOBRIR SEU SEGREDO!

MEU DEUS! SERÁ QUE ELE ME VIU?!?!

NÃO, O QUE O ATRAÍA ERA UM TEMPLO DO DEUS ÁLCOOL!

ALGUM TEMPO DEPOIS...

HORA DE FECHAR, CAMBADA!

LÁ FORA A SOLIDÃO VOLTAVA A ABATÊ-LO!

A CHEGADA DO DIA, PORÉM, LEVOU-O DE NOVO NO RUMO DAS AVENIDAS E FEIRAS...

ESSE HOMEM É INCANSÁVEL!

FINALMENTE DESISTI DE SEGUI-LO! ENCAREI-O, MAS ELE NÃO ME VIU!

ESTE VELHO É UM GÊNIO DO CRIME MAIS PROFUNDO! SÓ LHE INTERESSA A MULTIDÃO! ELE SE ALIMENTA DELA!

O MAIS CRUEL CORAÇÃO DO MUNDO É O LIVRO MAIS IMPENETRÁVEL! E ESTA TALVEZ SEJA UMA DAS MERCÊS DE DEUS...

Ulalume

(traduzido por Fernando Pessoa)

O céu era lívido e frio,
As folhas de um louro mortal,
As folhas de um seco mortal;
Era noite no outubro vazio
No fim do meu ano fatal;
Era ao pé desse lago sombrio
Na média região 'spectral —
Era perto do pego sombrio
Na fria floresta 'spectral.

Aqui, por uma álea titânica,
Cipréstea, errei com minha alma —
Cipréstea, com Psiqué, minha alma.
Eram dias de mente vulcânica
Como o rio que quente se espalma —
Como a lava que em rio se espalma,
Em fúria sulfúrea e vesânica
Nas últimas terras sem calma —
Que geme com mágoa vesânica
Nas terras extremas sem calma.

Cada um no falar fora frio,
Mas na alma dum gelo mortal —
Na alma dum dolo mortal,
Pois não demos p'lo outubro vazio
Nem p'la noite do ano fatal —
(Ah noite entre todas fatal!),
Nem notámos o lago sombrio
(Que outrora já víramos tal),
Nem lembrámos o pego sombrio
Nem a fria floresta 'spectral.

Mas a noite era já senescente
E os astros sonhavam com dia —
E os astros mostravam o dia,
Quando um baço luzir liquescente
Ao fim do caminho surgia,
E da luz se formou um crescente
Que com pontas distintas luzia —
O de Astarte subido crescente
Com as pontas agudas luzia.

E eu disse, "Ela é lua em verão,
Num éter de amor a boiar;
Vai num éter de ardor a boiar.
Viu que as lágrimas não poderão
Nestas faces comidas secar,
E as estrelas passou do Leão
O caminho do céu a mostrar;
A paz que há nos céus a mostrar;
Veio aqui apesar do Leão
Nos trazer o amor no olhar —
Através da caverna do Leão
Com amor no seu lúcido olhar".

Mas Psiqué, erguendo seu dedo,
Disse, "Nada a esta estrela me dou —
A seu pálido ser me não dou.
Não tardeis! Não tardeis! Vinde cedo
Para longe, onde a alma está só".
Falou pálida e triste, e com medo
Suas asas caíram no pó —
Soluçou angustiada, e com medo
Suas plumas roçaram no pó,
Tristemente roçaram no pó.

Respondi: "Isto é sonho somente.
Que nos guie esta trêmula luz!
Que nos banhe esta nítida luz!
Seu sibílio 'splendor é fulgente
De beleza e 'speranças a flux —
Ah, no ar e na noite 'stá a flux!
Confiemos em sua luzente
Visão que nos certos conduz!
Poderemos confiar na luzente
Visão que nos certos conduz,
Que na noite e no ar 'está a flux".

E a Psiqué eu afago e a beijo,
E a tiro da dor que a consume —
Da dúvida e da dor que a consume,
E no fim do caminho nos vejo
Que um sepulcro com porta resume...
Um sepulcro lendário resume.
Perguntei, "Que legenda é que vejo
Que esta lúgubre porta resume?"
E ela disse, "Ulalume! Ulalume!
'Sta aqui tua amada Ulalume!"

E o meu ser ficou lívido e frio
Como as folhas dum louro mortal —
Como as folhas dum seco mortal,
E exclamei, "Era o outubro vazio,
E *esta* noite do ano fatal,
Que aqui vim, aqui vim afinal,
Que aqui trouxe esse fardo final!
Nesta noite de todas fatal
Que demônio me trouxe afinal?
Ah, conheço este lago sombrio,
Esta média região 'spectral!
Bem conheço este pego sombrio
E esta fria floresta 'spectral!"

Edgar Allan Poe

(Boston/MA 1809 - Baltimore/MD 1849)

Edgar Poe nasceu em 19 de janeiro de 1809, em Boston, onde seus pais, um casal de atores de itinerantes, trabalhavam. No entanto, foi em Richmond que passou a maior parte da infância e juventude, pois, após a morte da mãe, antes mesmo de completar três anos, Poe foi adotado pelo casal de agricultores locais John e Frances Valentine Allan — deles a origem do sobrenome pelo qual ficaria conhecido o famoso poeta e contista norte-americano.

Em 1815, Edgar Allan Poe viajou com os pais de criação para a Inglaterra, e lá viveu até 1820. De volta aos Estados Unidos, Poe ingressou na Universidade, estudando francês, espanhol, italiano, latim e grego. Viciado em jogo e álcool, acabou abandonando os estudos por causa de uma dívida, que desencadeou o desentendimento com seu pai. Poe, então, saiu de casa, voltou a Boston e alistou-se no exército, do qual foi expulso, mais tarde, por indisciplina.

Foi também em Boston que, em 1827, Edgar Allan Poe publicou seu primeiro livro, "Tamerlão e Outros Poemas", já com o intuito de se tornar o primeiro escritor americano a ganhar a vida exclusivamente por meio da escrita, algo que se revelou financeiramente difícil. Mas o marco inicial de sua trajetória se deu em 1833 quando ganhou um concurso literário em Baltimore com o conto "Manuscrito Encontrado numa Garrafa". O prêmio desse concurso rendeu a Poe 50 dólares e a oportunidade de emprego como redator e editor da revista Southern Literary Messenger. Nela era crítico de obras literárias e também publicou vários de seus poemas e contos.

Nessa época, Poe morava numa pensão com sua tia viúva Maria Clemm, e um casal de filhos dela. Em 16 de maio de 1836, Poe se casaria com sua prima, Virgínia Clemm de apenas 13 anos de idade. Ainda não conseguindo bons resultados com seus escritos, Poe tem uma vida instável e assume cada vez mais sua posição de crítico e redator, mudando-se agora para Nova Iorque. É nessa fase que começa a ver seus textos serem publicados pouco a pouco até que, em 1845, o poema "O corvo" foi publicado pelo periódico "Evening Mirror" dando maior notoriedade ao escritor.

Poe estava casado, trabalhava como redator e crítico em Nova Iorque e começava a fazer sucesso com seus contos. No entanto, mais uma tragédia atinge a vida do escritor, sua esposa falece em 1847, em decorrência de tuberculose. Abalado, Poe é levado definitivamente para o vício que já o consumia desde o rompimento com a família Allan: a bebida.

No dia 3 de outubro de 1849, Poe, totalmente embriagado, é encontrado nas ruas de Baltimore. Depois de levado ao hospital e permanece internado por quatro dias, febril, com tremores e delírios. No dia 7 do mesmo mês, faleceu.

Seja por ter dado voz aos sentimentos mais profundos, ou por ter vivido numa época que não o compreendeu, Edgar Allan Poe produziu contos, poemas e ensaios que influenciaram muitos autores, fascinam leitores até hoje e o consagram como autor clássico da literatura universal.

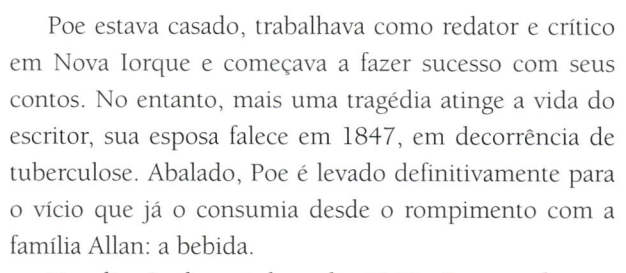

Ronaldo Antonelli,
o adaptador e roteirista

Como escritor e jornalista paulistano, tive em 2012 um ano cheio de trabalhos. Publiquei meu segundo romance, *Os dias do condor*, inspirado em viagens que fiz a Macchu Picchu e diversos países latino-americanos, nos anos 1970, a bordo do Trem da Morte e outros meios de transporte.

Vi lançada minha adaptação do clássico *O médico e o monstro*, de R. L. Stevenson, e do álbum *Primórdios da literatura brasileira*. Colaboro desde 2005, com adaptações, como de *O cortiço*, *O triste fim de Policarpo Quaresma*, *Inocência*, *O Ateneu* e *A Polêmica e outras histórias*, em parceria com os desenhistas Vilachã e Bira Dantas.

Tive o prazer de participar desta obra do mestre norte americano que representa uma de minhas grandes paixões literárias desde a adolescência: Edgar Allan Poe, gênio que inevitavelmente continuará a provocar o talento de inúmeros criadores na literatura dos séculos vindouros.

Em novembro de 2012 Ronaldo Antonelli faleceu. Além de sua obra, deixou saudades e boas lembranças para os familiares, amigos e leitores.

Francisco Vilachã,
o ilustrador

No final dos anos 1970, através de uma edição especial em quadrinhos da extinta revista *Kripta*, tive contato com várias HQs baseadas na obra de Edgar Allan Poe, que eu li um pouco mais tarde no livro *Histórias Extraordinárias* e em contos avulsos. No início da década seguinte, já morando em São Paulo, tive a oportunidade de conhecer e adquirir o álbum com a adaptação em quadrinhos do conto *O Coração Delator*, do grande mestre uruguaio (radicado na Argentina) Alberto Breccia. E só agora estou tendo a oportunidade de realizar um projeto, com entusiasmo e emoção, essas quadrinizações a partir dos roteiros inspirados do escritor Ronaldo Antonelli. Em cada uma dessas HQs, procurei por um tratamento gráfico que atendesse aos sentimentos que a história especificamente me proporcionava, além de dar sequência a uma procura permanente por novas demandas estéticas.

Nasci no Rio de Janeiro, a 19 de janeiro de 1953, em pleno verão carioca. Publiquei minha primeira HQ na revista *O Bicho* e passei a colaborar com HQs de suspense e terror na revista *Spektro* e nas séries eróticas e fantásticas da editora Grafipar, ocasião em que me transferi para São Paulo, vindo trabalhar como ilustrador.

Em meados dos anos 1980, junto com o roteirista Ronaldo Antonelli, editei a histórica *InterQuadrinhos*, revista exclusivamente feita por artistas nacionais. Depois ilustrei livros didáticos por duas décadas e só retornei aos quadrinhos no novo milênio, quando desenvolvi um projeto voltado para adaptação de obras de clássicos da literatura.